SCHEISS AUF DAS
WAS WAR
FANG EINFACH
NEU AN

Die Vergangenheit kannst du nicht mehr

ändern,

aber die Zukunft gehört dir.

Eine unwahrscheinliche wahre
Geschichte, die Otto mir in einer langen
Nacht erzählt hat

Carlos Mateo

Einleitung

Otto erzählt wie es dazu kam:

"Bei meiner letzten Europareise, ich hatte noch einiges zu erledigen, wollte mein Haus verkaufen, die Möbel und auch mein heiß geliebtes Auto. Es war ein schwerer Abschied, 40 Jahre lebten wir in diesem Ort und in diesem Haus und nun sind es andere Eigentümer, die meine Sachen benützen. Sie wohnen in meinem Haus, was wir uns vom Mund abgespart haben. Den größten Teil vom Hausbau habe ich selbst gemacht. Wir hatten keinen Urlaub, jede freie Minute habe ich am Hausbau gearbeitet. Dann kamen die Kinder, wieder keine freie Minute.

Zu Weihnachten kauften wir für die Kinder einen kleinen Hund, da war die Freude groß. Nach und nach ging es uns finanziell besser und wir kauften ein gebrauchtes Auto auf Raten, auch der Fernseher, natürlich in Farbe, das war damals in den 60ern eine teure Angelegenheit, wurde auf Raten gekauft. Es war eine schwierige Zeit, aber wir hielten zusammen, es wurde nur preiswert oder besser billig eingekauft und es wurde hinten und vorne gespart. Dann kamen die Kinder in die Schule, wir wohnten in einem Dorf, welches zu dieser Zeit ungefähr 800 Einwohner hatte. Heute leben hier ca. 25.000 Einwohner, mit Banken, Supermarkt, Einkaufzentrum, Kino, Gemeindeschwimmbad usw.

Wir waren nicht reich, aber glücklich und das denke ich war das wichtigste. Später gingen die Kinder aus dem Haus, sie gründeten eigene Familien und wir 2 waren alleine.

Aber ich wollte doch meine Geschichte erzählen, wenngleich auch das obige zu meiner Geschichte gehört.

Bei meinem letzten Besuch, ich war alleine und die Abende sind sehr lang, da sehnt man sich nach einem Bier oder einem Glas Wein. Gut, ich ging in eine Bar und da alle Plätze besetzt waren, setzte mich der Kellner an einen Tisch zu einem Herrn. Wir machten uns bekannt, wie es uns als Kinder schon gelehrt wurde. Sein Name war Carlos, und wir kamen ins Gespräch, und ich brachte es über mich, meine ganze Lebensgeschichte zu erzählen. Carlos fragte mich am Schluss unserer Unterhaltung, ob er es aufschreiben kann, er sagte mir, er sei Schriftsteller und meine Erzählung begeisterte ihn".

Als Otto auf die Welt kam, 1937, war Kriegsstimmung im Land und es kam der 2. Weltkrieg. Nun, er war noch zu klein, um davon etwas mitzubekommen, seine Eltern lebten mit ihm in einer bayrischen Großstadt. Sein Vater arbeitete dort als Konstrukteur für Motoren.

Otto war denke ich, ungefähr 75 Jahre,
wir waren uns sofort sympathisch und
Otto begann zu erzählen. Was ich da zu
hören bekamt, war ein ganzes Leben mit
allen Höhen und Tiefen.

Sein Schicksal war dermaßen
interessant, ich hatte zuvor nie so etwas
gehört. Wenn ich jetzt zurückdenke, ich
habe in dieser Nacht ein ganzes Leben
gehört. Es war reiner Zufall oder war es
vom Schicksal so bestimmt, dass wir uns
in dieser Nacht trafen. Wir saßen die
ganze Nacht zusammen, redeten und
redeten. In Gedanken fragte ich mich,
warum erzählt er mir das alles?

Anfangs dachte ich, der will mir nur
ein Märchen erzählen, aber dann kam

mir die Erkenntnis, hier wurde etwas erzählt, was wahr war und Otto musste sich das alles mal von der Seele reden. Diese Nacht mit mir sollte Otto, dazu verhelfen, von seinen Problemen zu reden und einen Weg zu finden, ein besseres Leben, wenn ihm auch nur kurze Zeit bis zum Ende verblieb, führen zu können. Otto war etwas aufgeregt, als er mit dem erzählen anfing, er war ein sogenannter gestandener Mann. Er fing, was seltsam war, mit seiner Kindheit an und erzählte mir einen ganzen Zeitraum von mindestens 70 Jahren. Ich bewundere das Gedächtnis von Otto, er erzählte und erzählte.

Als wir beide am frühen Morgen uns trennten, spürte ich eine Erleichterung bei Otto, er hatten den ganzen Müll, es war schon ein Müllhaufen oder besser, eine Mülldeponie die sich Otto von der Seele redete, verarbeitet.

Immer wieder schob ich es auf, dieses alles niederzuschreiben, ich hatte anderes zu tun, aber nun werde ich diese Geschichte aufschreiben, denn das Leben von Otto ist es wert, darüber zu schreiben.

Hier lesen sie eine wahre unwahrscheinliche Geschichte, eine Geschichte, die das Leben schrieb.

Wie alles mit Otto begann, er erzählte alles

Ich, Otto wurde 1937 in Köln am Rhein geboren, mein Vater arbeitete als Ingenieur in einer Firma, die Motoren herstellte. Aber mein Vater wollte nicht in Köln bleiben, er war Thüringer und ihn zog es nach dem Süden Deutschlands. Er bewarb sich bei verschiedenen Firmen und bekam eine Stelle als Motorenkonstrukteur in einer Firma in Franken. Unsere kleine Familie zog weg von Köln und wir fingen ein neues Leben in Franken an. Nur zur Erinnerung: ich machte seine erste Zugreise mit meiner Mutter von Köln nach Thüringen mit 3 Wochen, das nur nebenbei, es war mein erster Besuch, bei meinen Großeltern.

Ich war ungefähr vier Jahre alt und wuchs in einer Großstadt auf. Der Krieg kam auch nach Bayern, Flugalarm und ab in die Keller, eines Nachts war wider Flugalarm und die Bewohner des ganzen Hauses rannten in den Luftschutzkeller. Es war ein fürchterlicher Angriff, sogar im Luftschutzkeller waren Erschütterungen zu spüren und ich hatte fürchterliche Angst, die mich fast mein ganzes Leben begleitete. Alle im Keller spürten, das der Tod ziemlich nahe war und es war reines Glück, das dieses Haus keine Bomben getroffen haben.

Als die Entwarnung kam, oh Schreck, unsere Wohnung war ein reiner Trümmerhaufen. Fenster waren kaputt, die Türen aus den Angeln gehoben, alle Möbel waren stark beschäftigt, in dieser Wohnung konnte man nicht mehr wohnen. Mein Vater bekam von seiner Firma eine Notunterkunft, in der wir einigermassen leben konnten. Deshalb und durch die ständigen Angriffe beschlossen meine Eltern, dass meine Mutter und ich zu meinen Großeltern fahren, um von den schlimmen Angriffen einigermassen sicher zu sein. Auf dem Dorf war es ja sicherer als in der Stadt. So kam ich in das kleine Dorf in Thüringen.

Mitten in die Vorbereitung der Reise kam der nächste Schlag, mein Vater wurde zum Militär eingezogen. Wir kamen nach einer langen Zugreise, der Zug musste öfteres stehen bleiben, da Luftangriffe auf der Strecke gemeldet waren, auf den kleinen Bahnhof 10 km vom Dorf an und mein Großvater holte uns mit seinem Pferdewagen dort ab. So zog Otto in das kleine Dorf ein, es hatte ca. 500 Einwohner, an der Grenze zu Bayern. Der Krieg war überall. Mit 6 Jahren kam ich in die dortige Volksschule, eine kleine Dorfschule mit 2 Klassenräumen für 1 - 4 und 5 - 8.

Es war für mich nicht leicht, die Schule machte mir keine Probleme. Aber immer ist irgendetwas, was in einem ruhigen Leben Aufruhr schafft. So auch bei mir, ich hatte Angst, wenn ich ein Flugzeug hörte, dann warf ich mich sofort in den Dreck, meine Mitschüler hänselten mich und manchmal wurde ich auch angegriffen".

Der Kleine hielt durch, er steckte alles ein, eines Tages war wieder mal ein Angriff auf ihn, er hatte Glück und schlug den schlimmsten und stärksten von allen Kindern direkt auf die Nase, so das Blut spritzte und der von allen gefürchtete riss aus. "Ich war von einem Moment auf den anderen mutiger geworden und wurde ab diesem Zeitpunkt respektiert und mein Leben wurde ruhiger. So ist es manchmal im

Leben. Nenn es wie du willst, ich denke hier hat der Himmel nachgeholfen".

"Das Leben auf dem Land war zwar weniger gefährlich, aber mein Nervenkostüm war stark angeschlagen, mein Sieg auf dem Schulhof half mir, mutiger und freier zu werden. Ich war ein guter Schüler und brachte zur Freude meiner Mutter immer gute Noten nach Hause".

"Eines Tages der Krieg war fast zu Ende und wir Buben spielten wie immer im Wald, dort lagen viele Waffen herum, die die deutschen Soldaten weggeworfen haben und wir Kinder sammelten sie. Die Amerikaner waren schon ziemlich nah, fanden wir im Wald eine Panzerfaust. Einer der größeren Buben sagte, ich weiß wie dieses Ding funktioniert, wir brauchen nur eine Schnur und müssen uns in die von den Soldaten gegrabenen Löchern verstecken, dann probieren wir das Ding mal aus. Gesagt getan, der große Junge befestigte die Schnur und alle Kinder verkrochen sich in die gegrabenen Löcher. Dann ein Zischen und krachen, Bäume wurden geknickt oder abgebrochen und das Ding war wirklich interessant für uns. Was dann kam, war weniger schön, denn im selben Augenblick wurde der Wald beschossen. Die Amerikaner waren schon ringsum. Alle waren wir in Löchern versteckt, glücklicherweise wurden wir nicht getroffen. Aber der Geruch der aus diesen Schützenlöchern kam, war fürchterlich.

Aber dann kam alles noch schlimmer, die amerikanischen Soldaten durchsuchten den Wald und fanden uns in den Löchern. Wir waren zu Tode erschrocken, denn diese Soldaten waren Schwarze, und die fressen kleine Kinder wie es immer propagiert wurde. Nun war es endgültig für uns aus. Aber die Soldaten lachten als sie uns sahen und zogen uns aus den Löchern, säuberten uns und gaben uns Schokolade, Orangen und Bananen zu essen. Das alles kannten wir nicht, wir hatten anfangs angst, es ist vergiftet, was wir bekommen, aber die Soldaten aßen es auch, denn so was gab es im Krieg nicht zu kaufen. Wir probierten und dann aßen wir alles auf".

Die Soldaten setzten uns auf einen Panzer und fuhren mit uns in das kleine Dorf". Otto sagte, "wir waren die Ersten, die mit der Besatzung Kontakt hatten und das Dorf mit einnahmen. So kamen wir nach Hause, unsere Eltern waren sehr besorgt, den sie wussten doch, dass wir im Wald waren"

"Später ging ich zu meinen anderen Großeltern in der Mühle, ich hatte nun keine Angst mehr von den amerikanischen Soldaten. Die kannten mich schon alle". "Als ich auf den Hof meiner Großeltern kam", sagte Otto: "stand dort ein Jeep mit Soldaten und die hatten einen Dolmetscher dabei, der meinen Großvater klarmachen wollte, er müsse sein Haus innerhalb von 12 Stunden räumen, da die Amerikaner es als Hauptquartier haben wollten".

"Aber sie kannten noch nicht meine Großmutter, die im Haus alles mitgehört hat. Sie kam an die Haustür und fing an mit den Soldaten amerikanisch, oder besser noch, texanisch zu reden, denn sie war mit ihren Eltern in Galveston in Texas aufgewachsen. Alle Soldaten standen mit offenem Mund auf den Hof und der Chef von Ihnen sagte dann zu meiner Großmutter, Mam du musst nicht weg, du bist doch eine von uns" erzählte Otto.

"Etwas später kam der Kommandant und fragte meine Großmutter, ob die Amerikaner nicht im Haus für die Offiziere kochen und essen könnten und sie habe keine Arbeit, es wird alles gemacht und die ganze Familie konnten dann auch mit Essen."

"So vergingen einige Monate und ich war viel mit den Amerikanern zusammen, ich lernte auch ein bisschen Englisch und konnte mich so ein bisschen verständigen".

"Eines Tages gingen die Amerikaner weg und es kamen die Russen. Es ist doch hinreichend bekannt, wie es dann war. Meine anderen Großeltern, wo auch ich mit meiner Mutter lebte, waren das erste Wohnhaus im kleinen Dorf und sie bekamen Einquartierung von einem russischen Offizier. Glück für die Großeltern, eine Tages kam ein Russe, betrunken und fing an, tätlich zu werden. In diesen Moment kam der Offizier und der Russe wurde festgenommen. Sie haben ihn dann später sehr hart bestraft, wir konnten das Schreien von ihm hören".

Wie ging es dann weiter:
"Die Schule fing wieder an, wir hatten einen Lehrer bekommen, der Schuster war und von der Schule keine Ahnung hatte. Auch das ging vorüber und nach einiger Zeit normalisierte sich die Lage und es kamen zwei Lehrer die dann uns alle unterrichteten. Nach 8 Jahren Schule war Schluss, meine Eltern, mein

Vater war inzwischen von Krieg oder von der Gefangenschaft zurück, wollten das ich die Oberschule besuche und mein Abitur mache. Leider war das nicht möglich, denn meine Eltern waren Kapitalisten und die höhere Bildung war nur für Arbeiterkinder möglich.

So lernte ich die Landwirtschaft. Mit 14 Jahren kam ich zu Bekannten auf einen grossen Hof, um zu lernen, es wurde mir nicht leicht gemacht, ich musste trotz meiner 14 Jahre die gleichen schweren Arbeiten machen, wie die anderen Helfer. Aber das hatte mir dazu verholfen, das ich selbstständiger wurde und das Leben von einer anderen Seite ansah.

Nach 10 Monaten war damit Schluss, ich musste nach Hause, meine Großeltern mütterlicher Seite wurden von den Russen verschleppt und niemand wusste, ob meine Eltern und ich auch noch dran kommen.

Es war nicht an dem, und ich lernte noch 1 Jahr auf dem Hof meiner Großeltern. Der Lehrer der Berufsschule hatte meinen Vater gesagt, er solle mich bei der landwirtschaftlichen Fachschule anmelden, sie war ca. 20 km vom Dorf entfernt.
Gesagt, getan und ich wurde angenommen. Im September begann ein Leben im Internat der Fachschule für Landwirtschaft".

Es muss eine schöne Zeit gewesen sein, Otto schwärmte von diesem Internat. Er sagte mir, er hat in diesem Jahr sehr viel gelernt. Mit der Schule fuhr er in den Ferien auf die Insel Rügen, es war ein großes Erlebnis für ihn. Ihn.den Schülern Gruppen gebildet. In diesem Urlaub waren die Nächte länger als die Tage und alles war ein Riesen Spaß.

"Zur Erntezeit war es so üblich oder vorgeschrieben, dass alle Schüler landwirtschaftlicher Fachschulen bei der Ente helfen mussten. Wir wurden mit dem Bus zu den verschiedensten Genossenschaften gebracht, und wir mussten tüchtig arbeiten. Schlafen konnten wir in einer alten Leimfabrik auf Stroh, das waren wir nicht gewohnt, aber es machte uns viel Spaß.

Die Verpflegung war nicht gerade super, aber wir haben alle was organisiert und so hatten wir viel zu essen".

"Wie es so kommt, mein Vater hat von seiner alten Arbeitsstelle in der Großstadt in Bayern ein Angebot bekommen, wieder in seinem Beruf zu arbeiten und das konnte er nicht ablehnen. So ging meine Fachschulzeit nach einem Jahr zu Ende".

Es war aber praktisch fast unmöglich, legal nach dem Westen zu ziehen, ein Freund eines Vaters hatte in der

Verfassung herausgefunden, das da stand, jeder kann seinen Wohnsitz dort nehmen, wo er will. Dieses war die Begründung, eine Ausreise zu beantragen und auch zu bekommen. Es war ein steiniger und langer Weg, Aber er war erfolgreich.

Ich hatte in der Zwischenzeit bei der Traktorenstation im Ort eine Arbeit gefunden und arbeitete mit einem kleinen Traktor auf den Feldern.

In der Nachbarstadt, direkt an der Staatsgrenze war öfters Kino und fast die ganze Jugend vom Dorf ging die 4 km ins Kino, da wir Nahe der Grenze zu Bayern wohnten, war natürlich, wie heute auch durch den Virus,

Ausgangssperre. Um 10 am Abend war
es Schluss, aber an diesen Abend hatte
es geschneit und wir Jungen machten
eine tolle Schneeballschlacht. Wie es so
kommt, kam die Polizei und weil die
Ausgangszeit überschritten war, wurden
wir alle verhaftet und kamen ins örtliche
Gefängnis. Bis um 6 in der früh wurden
wir eingesperrt, dann konnten wir alle
gehen.

Im Dezember des gleichen Jahres war
es so weit, mein Vater und ich bekamen
die Ausreise und wir hatten 24 Stunden
Zeit, das Land zu verlassen. Wir fuhren
mit dem Taxi zum Bahnhof und
nachdem die Kontrollen beendet waren,
ging die Reise los. Nach ca. 1 Stunde
passierten wir die Grenze von Bayern

und es begann oder sollte ein neues
Leben beginnen, mein Vater und ich
schnauften so richtig auf.

Ein neues Leben beginnt

"Das neue Leben begann, wir kamen in
der Stadt an und die Firma von meinem
Vater hatte eine Betriebswohnung
bereitgestellt. Ich war fast 18 Jahre kam
in eine neue Umgebung, eigentlich
müsste ich sie ja kennen, ich war doch
als Kind schon mal dort, da ich noch
klein war, erinnerte ich mich nicht
mehr. Die Leute sprachen einen anderen
Dialekt und es klingt komisch, aber die
Verständigung innerhalb der deutschen

Länder war doch etwas schwierig. Als ich damals ins Dorf kam, sprach ich diesen Dialekt und die Verständigung war komisch, und jetzt war genau wieder so. Der viele Verkehr, Autos, Straßenbahnen und viele Menschen, machten mich nervös".

"Mein Vater suchte Anschluss für mich, damit ich mich besser einleben kann und er kam mit einem Herrn ins Gespräch, der einen Kammerchor leitete. So wurde ich Sänger. Das machte mir viel Spaß. Der Chor war bekannt und hatte einen guten Namen. Der gesamte Chor fuhr zu einem Musikfestival nach Stuttgart, bei dem viele Chöre aus Deutschland ihre Lieder vortrugen und der Kammerchor trug mit der Uraufführung der Carmina Burana von Carl Orff zum Festival bei. Als prominentesten Zuhörer war der Deutsche Bundespräsident Theodor Heuss im Saal, der am Schluss allen Sängern vom Kammerchor die Hand gab".

"Sänger war schön, aber ich hatte immer leere Taschen. Da ich das Arbeiten gewohnt war, suchte ich irgend eine Arbeit und fand in der Zeitung eine Anzeige, Werber für die Zeitung gesucht. Ich bewarb mich und bekam die Arbeit. Verdienst war: Provision für jedes verkaufte Abonnement und 20 Mark Tagesspesen. Eine ganze Woche lief ich in den Dörfern von Haus zu Haus, ohne Erfolg. Mit meinem Dialekt war ich schwer verständlich und die Leute bestellten nichts. Was war des Ende, ich flog als Werber raus, bekam aber für diese Woche 20 Mark für jeden Tag. Mein erster verdienter Hunderter, ich war stolz so viel Geld zu haben.

"In der Tageszeitung fand ich eine Anzeige, eine Tankstelle suchte einen Autowäscher. Ich weiß nicht mehr was sie zahlen wollten. Die Autowäscherei war eine Knochenarbeit, alles mit der Hand waschen und dann polieren. Ich begann aber niemand sagte mir, wie ich es machen muss und was ich alles waschen sollte, also fing ich an, es dauerte auch nur eine Woche, dann war dort auch Schluss".

"Es gab eine ähnliche landwirtschaftliche Fachschule, mein Vater meinte, ich könne dort weiter studieren. Aber ich wurde abgelehnt, das, was ich gelernt hatte, passte nicht in das Programm dieser Schule. Ich denke, mein Dialekt passte nicht".

"So suchte ich weiter und fand eines Tages eine Anzeige, Lehrling in einer Elektrogroßhandlung gesucht. Also ging hin und bewarb mich, 6 Tage die Woche arbeiten. Sie zahlten im ersten Jahr 40 Mark pro Monat, es war mir aber egal, ich hatte dann einen festen Beruf und konnte weiter studieren, wenn ich wollte. Dieses war eine kleine Firma, ein Ehepaar mit Sohn und 2 Töchtern. Sie verkauften auf Messen in ganz

Deutschland Mixer und ich musste als Erstes den Führerschein 3 machen, denn keiner der Familie hatte mehr einen Führerschein, der wurde ihnen weggenommen, da sie betrunken gefahren sind. Ich dachte mir nicht schlecht, ich habe den Führerschein kostenlos. Danach war ich in ganz Deutschland unterwegs, Messestände aufbauen, ausliefern und dann wieder zurück ins Büro. Es ging 1 Jahr gut, dann machten sie Pleite und ich stand wieder auf der Straße. Inzwischen war meine Sprache schon besser geworden und ein Bekannter sagte mir, es werden Lehrlinge in einer richtigen Elektrogroßhandlung gesucht. Ich nichts wie hin und fing dann auch gleich dort an. Da ich ja bereits das erste Jahr beendet hatte, fing ich das zweite dort an. Mein Lohn war nun schon fürstlich, 100 Mark in Monat. Dann lernte ich noch meine 2 Jahre und machte meine Abschlussprüfung. Nebenbei hatte ich noch einen Job in einem Reisebüro als Reisebegleiter. Jedes Wochenende im Sommer ging es mit dem Bus nach Österreich und im Winter nach Südtirol. Er bekam für jede Fahrt etwas Lohn und die Reisegäste gaben auch noch ein kleines Trinkgeld, welches ich mit dem Chauffeur teilte".

"Nach meiner Lehre arbeitete ich in verschiedenen Firmen der Stadt und ging dann in die Hauptstadt zu einer Elektrogroßhandlung als Vertreter. Hier verdiente ich gutes Geld, besuchte die

Abenduniversität der DAG und studierte Betriebswirtschaft. Wie das Leben so ist, lernte ich ein Mädchen kennen, verliebte mich und wir heirateten. Es war eine gute Ehe, wir bekamen 2 Buben und ich bekam einen guten Job in Italien als Exportsachbearbeiter, ich wurde anständig bezahlt. Meine Familie wohnte in Deutschland, ich hatte uns ein Haus gekauft und so fuhr ich immer am Montag früh um 3 Uhr nach Italien und am Samstag kam ich zurück".

"Es ging meiner Familie und mir gut und wir waren glücklich, ich war zufrieden mit meiner Arbeit und auch die Firma schätzte mich. So bekamen wir als Weihnachtsgeschenk für meine Frau und mich eine Flugkarte nach New

York, einen Hotelgutschein für 10 Tage und das nötige Taschengeld. Die Zeit verging schnell und nach ein paar Jahren machte ich mich in Deutschland selbstständig, verkaufte die Produkte der Firma und nahm noch andere Firmen hinzu. Es ging prächtig und ich dachte, Otto, jetzt hast Du ausgesorgt. Es stimmte alles, meine kleine Familie entwickelte sich prächtig, meine Frau half mit in der Firma, was wollte ich mehr".

"Aber ich denke, mir ging es zu gut, es kam die Zeit in Italien, als fast alle Firmen streikten und die Wirtschaft kam praktisch vollkommen zum Erliegen, Lieferschwierigkeiten, schlechte Qualität, bezahlte Ware wurde nicht ausgeliefert, also ein totales Durcheinander. Die Krönung des ganzen war aber, einer meiner besten Kunden in Deutschland verkaufte seine Firma an eine Wohnbaugesellschaft, diese hatten alles übernommen und bestellten mich am 23. Dezember in Ihr Büro. Da noch offene Rechnungen waren, dachte ich, sie wollen abrechnen und bezahlen. Die Geschäftsleitung sagte, sie wolle nur 50 % der offenen Rechnungen bezahlen, wenn ich damit nicht einverstanden bin, werden sie für diese gekaufte Firma Konkurs anmelden, dann bekomme ich eben nichts. Ein schönes Weihnachtsgeschenk. Es endete damit, das wir Konkurs anmelden mussten, da noch 2 andere große Kunden in Schwierigkeiten kamen. Meine Schulden konnte ich nicht mehr bezahlen. Die Krise kam überall. Jetzt hatte ich keine Einnahmen mehr und mein Erspartes schwarzes wollte ich nicht angreifen, zumal ich durch den Konkurs alles verlieren würde, aber das gesparte war anderweitig angelegt und für mich sicher".

"Um zu leben, nahm er verschiedene Arbeiten an, die zwar nicht von langer Dauer waren, aber Geld einbrachten. So lernte er eines Tages einen Herren kennen, der Lebensmittel, vor allem Fleisch importierte. Er machte Otto ein gutes Angebot und auch seine Frau arbeitete dann in dieser Firma".

"Da ich durch mein betriebswirtschaftliches Studium die Möglichkeit und das Wissen hatte, mich über diese Firma zu informieren und einmal alleine im Büro war, machte ich eine Aufstellung über die Lebensdauer dieser Firma. Das Ergebnis war, diese Firma wird nicht alt werden. Sie suchten neue Fleischlieferanten im Ausland und bekam den Auftrag, in Südamerika nach neuen Lieferanten für Rindfleisch zu suchen, warum sollte ich nicht diese Reise, die bezahlt wurde, mitnehmen, obwohl ich wusste, dass die Firma nicht alt wird".

"Zwei Wochen Paraguay, lernte Land und Leute kennen und bereiste fast das ganze Land. Ich war mit einem

Deutschen, der für die Telekom das Telefonnetz aufbaute unterwegs und so bekam ich viel mit. Das Land begeisterte und wieder zurück, sagte ich meiner Frau, ich will in dieses Land. Die Firma war in der Zwischenzeit fast konkursreif und es dauerte auch keine zwei Wochen mehr, bis sie Konkurs anmeldete. Ich blieb mit meiner Frau im Büro, um diese Firma abzuwickeln. Der Gerichtsvollzieher war der tägliche Kunde und wir konnten mithelfen, gerecht abzuwickeln.

"Ein alter Freund von mir, Harry war Oberfeldwebel bei der Bundeswehr, gründete ein Feriencamp für normale und Contergan Kinder in den bayrischen Bergen. Die Kinder lebten einige

Wochen in den Bergen, es war wie ein Indianer Camp, es gab Pferde für die Behinderten Kinder, und vieles mehr. Ich hatte nichts zu tun und so fragte mich mein Freund, kannst du nicht eine Zeit lang aushelfen. Ich sagte zu und mit meiner Frau begannen wir im Camp zu helfen. Es gefiel uns gut, und in der Zwischenzeit bereiteten sie alles für die Auswanderung aus Deutschland vor. (8 Wochen halfen wir mit, den Kindern eine schöne Zeit zu machen, dann kam der Tag des Abschieds und viele der Kinder hatten Tränen in den Augen). Es fiel uns auch nicht leichte, sich von den liebgewonnen Kindern zu trennen.

Wie ich auswanderte

"Jetzt ging es erst mal mit dem Auto nach Barcelona und auf die Fähre nach Gran Canaria, wir mieteten einen Bungalow und wohnten fast 2 Jahre dort. Die Kinder gingen auf die amerikanische Schule und lernten neben spanisch auch noch englisch. Wie das Schicksal so spielt, ich war in Las Palmas auf dem Flughafen und kaufte die Frankfurter Allgemeine, sie fiel mir auf den Boden und es schlug die Anzeigenseiten auf. Hier gab es eine Menge Angebote aus Paraguay. Ich wollte hin um zu sehen, ob irgendetwas für uns dabei ist. So flog ich nach Südamerika".

"Ich nenne es Zufall, die Zeitung, die Seite die als Erstes kam mit den

Angeboten, dann im Flieger saß neben mir ein Herr und wie es so üblich ist kamen wir ins Gespräch. Er war ein Zahnarzt aus Frankfurt am Main und hatte Grundstücke und Rinder in Paraguay. Da ich keinerlei Ahnung von diesem Land hatte, war mein Sitznachbar ein guter Ansprechpartner. Wir wohnten dann auch im gleichen Hotel und da stellte er mir seinen Freund vor, ein Deutsch-Argentinier, der eine Weinfabrik hatte. Ich wurde dann von diesem Herrn zum Abendessen eingeladen und wir unterhielten uns. Der südamerikanische Freund von Hans dem Zahnarzt, hieß Julio und im Laufe des Gesprächs sagte er, dass er Grundstücke hatte, die er verkaufen wollte. Er sagte, es wären

50.000 Hektar und er wolle eine Kolonie gründen und an deutsche und auch Deutschbrasilianer verkaufen. Hans fragte mich später, ob ich nicht Interesse habe, ein Grundstück zu kaufen oder mit Julio das Projekt zu vermarkten.

"Mein Problem ist, ich bin immer etwas vorschnell und so sagte ich zu Julio, o.k., verkaufen wir das Land. Aber ich hatte noch nie so was gemacht und später dachte ich, wenn das nur gut geht".

"Zurück auf Gran Canaria regelte ich dort meine Sachen, meiner Frau erzählte ich es und sagte ihr ich will dort etwas Geld verdienen und alles vorbereiten, das Du mich den Kindern dann nachkommen kannst". Also fing ein neues Abenteuer an und ich flog zurück nach Paraguay".

Paraguay, das zukünftige Land

Zufälle spielten in meinem Leben eine große Rolle und hier ist wieder so ein Zufall. Es gab einen Deutschen Jesuitenpater, der in Südbrasilien lebte und arbeitete, der hörte von unserem Projekt und fragte in einem Brief an, ob wir für seine Gemeinde Mitglieder Grundstücke zum Verkauf hätten, denn die Familien in Brasilien waren groß und die Ländereien der Leute wurden immer kleiner, da jedes Kind, wenn es heirate ein Grundstück bekam. Zum anderen wurde das Land in Brasilien immer teurer.

"Also beantwortete ich den Brief des Pater Gruber (ein Jesuitenpater dem Papst Pius einen Brief ausgestellt hatte mit der Erlaubnis, er kann überall auf der Welt arbeiten und predigen) Pater Gruber war ein hervorragender Mann mit einem schwierigen und schmerzlichen Leben (er war nach dem Krieg in einem Straflager in Jugoslawien inhaftiert, wollte aber nicht entlassen werden, bis auch der letzte Häftling entlassen ist, im Internet kann man seinen Lebenslauf finden - Wendelin Gruber)·.

"So kam eines Tages eine Nachricht vom Pater Gruber das eine Abordnung seiner Gemeinde kommen werde und sich das Land anzusehen. Und sie kamen, sie kamen mit einem VW Bus, über 20 Personen waren wie die Heringe eingepfercht und machten die lange Reise von über 4000 km von Rio Grande do Sul nach Paraguay. Sie waren begeistert und wir schrieben die ersten Verträge. Die Parzellen waren alle 20 Hektar groß, die Leute konnten so viele Parzellen kaufen wie sie wollen. Nach diesem Besuch kamen immer mehr Deutschbrasilianer, um Grundstücke zu kaufen, viele blieben gleich da und fingen an ein Haus zu bauen und das Land zu kultivieren. Dann kamen auch deutsche Käufer, die sich dort ansiedelten. Heute ist das eine gut funktionierende Kolonie, mit Schule, Kirche, ein kleines Hospital und natürlich eine Kirche. Pater Gruber starb 2002 in Rom".

Paraguay, das zu seiner zweiten
Heimat wurde

"So kam ich nach Paraguay, ich sagte zu mir *Otto, du bist nun hier und wir wollen noch mal von ganz vorne anfangen und hier unsere zweite Heimat gründen*, meine Familie wohnte noch auf Gran Canaria. Wie bei allen Geschäften bei mir, fing es an, gut zu laufen, Paraguay war damals in Deutschland sehr gefragt, und heute ist es wieder so. Ich kaufte mir auch 400 ha Land, an einem Bach gelegen und baute mir ein Häuschen um, wenn ich auf meinem Land bin, wohnen und schlafen kann".

"In Asunción, der Hauptstadt mietete ich mir ein Haus und konnte meine

Familie nachkommen lassen, die Kinder gingen auf die amerikanische Schule und es fing ein gutes Leben für uns an. Der Freundeskreis wuchs und es gab viele Einladungen. Ich hatte die besten Verbindungen und war geschätzt in diesem Land. Wir wohnten 3 Jahre in diesem Haus in Asunción und fühlten uns wohl".

"Eines Tages kam ein neuer Kunde aus Deutschland und wir besichtigten die Grundstücke der neuen Kolonie, sie bekam den Namen Moseldorf. Zum Schluss gingen wir noch auf mein Grundstück. In der Zwischenzeit hatte ich auch 30 Jungrinder mit einem Bullen gekauft und der Kunde fragte mich, was ich für die Farm haben will.

Das Angebot, welches dieser Kunde mir machte war so, das ich einfach nicht nein sagen konnte und verkaufte meine Farm von 400 Hektar".

"Das beweist doch wieder, irgendwie geht alles so, wie man es sich nicht ausgemalt hat, aber dieser Preis des Angebots war wirklich perfekt. Wir zogen an die brasilianische Grenze auf eine Farm von 2000 Hektar, die ich einen Deutschen verkauft hatte, als Verwalter. Es war ein schönes Farmhaus dort und wir wohnten 2 Jahre in diesem Haus.

"Eines Tages sagte mir ein Bekannter in brasilianischen Teil der Stadt, er hatte einen Handel mit landwirtschaftlichen Artikeln, das ein Japaner seine Finca von 60 Hektaren verkaufen will, wir sahen uns alles an und kauften diese.”

“Auf der Farm wurde neben Soja, Weizen und Mais auch Gemüse und Tomaten angebaut. Wir zogen alle 4 auf diese Farm und pflanzten Tomaten und Gemüse. Jeden Tag in der früh wurden die Früchte geerntet und dann gleich, in die nächste Stadt gefahren und verkauft”.

“Es war eine schöne Zeit, die Arbeit kannte ich ja, die hatte ich einmal gelernt. Das restliche Land bepflanzte ich einmal mit Sojabohnen im Sommer und im Winter Mais und Weizen".

"Es gab auch ein kleines Stück, mit Bananen und mit Mandarinen, es gab viele Baumfrüchte auf dieser kleinen Farm und 3 Teiche, für die wir Fische kauften. Diese kleine Farm hatte alles, was man sich denken kann, Hühner für die Eier, Hasen zum Schlachten, Enten und auch 2 Gänse. Wir backten unser Brot selbst, es war sehr schmackhaft. Und so lebten wir fast unabhängig als Selbstversorger.

"Meine zwei Buben hatten viele Freunde in der Stadt und zum Wochenende waren sie immer unterwegs und kamen am

Sonntagabend zurück. Die nächsten Nachbarn von der Farm von uns waren 1 Japaner, 1 Brasilianer 2 Paraguayer und noch einige, wir tauschten uns aus, der eine hatte Kartoffeln, wir hatten Tomaten, der andere hatte Fleisch, einer Milch usw. So war das Leben auf dem Ernährungssektor komplett eigenständig. Wir fuhren des Öfteren in die Stadt, um dort gute Freunde zu besuchen. So gab es dem Leben einen guten Sinn".

"Wenn ein Problem gab, so fanden wir schnell die Lösung. Wasser hatte ich mit einer Quelle, die das Wasser für 3 Teiche gab. Hier zapften wir an, um Trinkwasser in einen Hochbehälter zu pumpen und damit sein Haus und 2 andere zu versorgen. Strom hatten wir durch ein Windmühle, die in Batterien den Strom speicherte, so hatten wir Licht und konnten das einheimische Fernsehen schauen".

Es gab nun Strom und fließendes Wasser, wir hatten eine Dusche und vor allem, ein Spülklosett, es war das Einzige in 10 km Umkreis.

Otto sagte mir; "er habe immer wieder die Gefahr gesucht hat und als ein Angebot von der Regierung kam, er solle mit einem Piloten Marihuanapflanzungen in den weiten Wäldern ausmachen, so sagte er zu. Zwei Jahre flog er mit diesem Piloten 1 x die Woche für 3 Stunden über die

Wälder und Fotografierte die Pflanzungen. Die Regierung hat diese dann mit Sprühflugzeugen zerstört.

"Eines Tages in der Nacht hatte ich im Schlaf eine Stimme gehört, die zu mir sagte "Hau so schnell wie möglich ab, es ist große Gefahr", so weckte ich meine Frau und erzählte es ihr. Sie sagte, bestelle morgen früh einen Lastwagen von unserem Freund und wir fangen jetzt sofort an, zu packen und alles herzurichten, was wir mitnehmen wollen. So geschah es dann auch. ich verständigte seinen Freund und telefonierte mit einem Freund in der Hauptstadt, ich erzählte ihm alles und ich fragte ihn, ob es ein Haus zu mieten gibt. Der Freund wollte sich umsehen.

Als wir am Mittag starteten, erhielt ich eine Nachricht mit der Anschrift von unserer neuen Wohnung. Der Lastwagen startete sofort, er hatte die neue Adresse und wir kam dann mit dem Auto nach. Sie kamen am anderen Morgen an, der Lkw war auch schon da und sie luden alles ab und richteten sich wohnlich ein. Es war ein schönes Haus mit Schwimmbad und es war schön, dort zu wohnen.

Eine Woche später erhielt ich die Nachricht, dass der Pilot, mit dem ich im Flugzeug unterwegs war, erschossen wurde. Meine Frau sagte mir, die Stimme hat unser Leben gerettet. So hatten wir nach seiner 10-jährigen Zeit auf der Farm ein wieder mal neues Leben begonnen.

Wie ging es in der Hauptstadt weiter

"Mir wurde die Zeit langweilig, den ganzen Tag im Haus und ich sagte, ich will mich nach einer Arbeit umsehen, so kam er am Abend nach Hause und sagte, ich habe eine bekannte Pariliada gemietet, wir öffnen nächste Woche und fangen an, Fleisch zu grillen. Wie es bei Otto so üblich ist, ging dieses Geschäft hervorragend, sie hatten viele Gäste und die einnahmen waren auch hervorragend. Nach 2 Jahren, es war der 2. Februar 1990 fuhren am Abend auf der Straße Panzer, er dachte an eine Wehrübung und sie hatten Gäste von der Regierung, die auf einmal schnell zahlten und verschwanden und dann kamen viele Journalisten, sie wollten alle telefonieren. Es war der Tag der Revolution, in der die Regierung gestürzt wurde. Wir hatten die ganze Nacht geöffnet, da immer wieder neue Gäste kamen. Als es Tag wurde, war der ganze Spuk vorbei. Es gab einen neuen Präsidenten und eine neue Regierung. Wir öffnenden wieder, aber es war nicht mehr so wie es war.

"Ich hatte als Kind die Mühle in dem kleinen Dorf in Thüringen geerbt und so war das nächstliegende, wir gehen zurück, wir haben ein Dach über den Kopf also flog ich nach Deutschland, um meinen Anspruch auf mein Erbe zu stellen, denn in der Zwischenzeit war meine ganze Verwandtschaft nicht untätig und hatten alle ihren Anspruch angemeldet, jeder hatte geerbt. Es gab aber es war ein Testament vorhanden, von meinem Großvater, welches im Gericht verwahrt war, und dem Sachbearbeiter vorlag und so konnte ich meinen Besitz übernehmen”

 Was war inzwischen in Paraguay passiert?

“So langsam kamen alle Geschäfte wieder in den Gang, aber das, was es einmal war, das war es nicht mehr. Außerdem wurde gestohlen und geraubt, sodass wir beschlossen, den Pachtvertrag zu kündigen, denn nur für die Kosten zu arbeiten, das wollten wir nicht. Was war nun zu tun, kein Geschäft mehr und ein neues anzufangen barg viel zu viel Risiko. Nach meinem Rückflug nach Paraguay regelten wir dort alles und gingen dann für immer nach Deutschland zurück, meine Frau flog einen Monat später nach Deutschland. Die Kinder waren inzwischen verheiratet und blieben im Land.

Deutschland, ein Neubeginn

"Zurück in Deutschland musste erst mal die alte Mühle einigermassen renoviert werden, denn sie wurde von den Jugendlichen im Ort als Clubhaus genutzt, es war fürchterlich dreckig, Fenster waren zerbrochen und die Wände mit schwarzer Farbe verschmiert, mit Parolen der damaligen DDR. Also suchte ich mir einen Maler, der auch andere Sachen renovieren konnte. In der Zwischenzeit hatte ich mir einen Lieferwagen gekauft um alles heranzuschaffen, was zum Renovieren braucht".

"So machten wir das alte Haus wieder

einigermassen bewohnbar,

Möbel kaufte ich gebraucht, wir

brauchten doch alles, Küche,

Wohnzimmer, Schlafzimmer und

verschiedene andere Kleinigkeiten. Ich

kaufte eine gebrauchte Waschmaschine,

einen Kühlschrank und einen gebrauchten Fernseher, so konnten wir dann am 1. November einziehen. Es war schon grimmig kalt, ich hatte im Wohnzimmer einen Kachelofen mit Ölheizung bauen lassen, so konnten wir den Winter gut überstehen".

"Ich war kein Auswanderer mehr und auch kein Einheimischer und in dem kleinen Dorf, in dem ich aufgewachsen war, bin ich ein Fremder".

"Zusammen mit meiner Frau eröffneten wir einen kleinen Supermarkt, der auch hervorragend von den Einwohnern genutzt wurde, aber dann kam in 20 km Entfernung ein großes Einkaufszentrum, und der kleine Supermarkt wurde nur noch für Waren, die ausgegangen waren oder schnell benötigt wurden, besucht. Was war der Schluss: Wir mussten unseren Laden schließen.

"Meine Frau erkranke in dieser Zeit und die Ärzte stellten Darmkrebs fest. Sie wurde operiert und dann in die Reha geschickt, kam zurück nach Haus aber nach 3 Monaten musste ich abermals die Sanitäter rufen und sie wurde wieder ins Krankenhaus gebracht, dann Rehabilitation und von dort aus direkt wieder ins Krankenhaus. Es war für mich ein schreckliches Jahr. Jeden Tag fuhr er einige 100 km ins Krankenhaus, um meine Frau zu besuchen, aber sie erholte sich nicht mehr und musste sie im August beerdigen”.

“Ich war vollkommen zerstört, und hatte auch keine große Lust mehr, zu Leben, aber wie es so war, ich hörte wieder diese Stimme, die mir schon einmal das Leben gerettet hat, sie sagte ungefähr: “warum regst du dich so auf, warum machst du dir Sorgen, du hast im Moment viele Probleme. Schicke doch alle deine Probleme an das Universum, es soll dir helfen”.

“Am nächsten Morgen stellte ich mich hin, erhob mein Haupt und sagte: ”lieber Gott, ich übergebe dir hiermit alle meine Sorgen und Probleme, mach

du damit was du willst, aber lasse mich
damit in Ruhe".
Danach habe ich gleich viel freier
gefühlt".

"Ich habe einen Jugendfreund, er war
der letzte der von den ganzen Freunden,
der übrig geblieben war. Er sagte eines
Tages zu mir Otto, ich habe ein Geschäft
angefangen, es läuft großartig und ich
verdiene gut, ich will vergroessern, aber
mir fehlt hierfür das Geld, kannst du mir
nicht helfen. Er zeigte ihn
Geschäftspapiere und die waren
vielversprechend".

"Da es sich um eine große Summe
handelte, ging ich zu meiner Bank und

beantragte einen Kredit in der Höhe, die mein Freund wünschte. Als Sicherheit gab ich mein Haus und meine Felder (meine Erbschaft) und so konnte ich den Freund helfen. Es konnte doch nicht schiefgehen, mein Freund hatte mir Einblick in seine Bücher gegeben und die waren hervorragend und ich dachte mir, mit diesem Investment habe ich für meine alten Tage ausgesorgt. Ich war zufrieden, ich konnte meinen Freund helfen und er wird von jetzt ab ein schönes Geld für mich verdienen".

"Eines Tages erhielt ich von der Bank einen Brief, der Freund hatte Konkurs angemeldet und die Bank wollte nun von mir, dass ich das Geld zurückzahle. Mein Freund hielt es nicht für nötig, mir, seinen Freund, das mitzuteilen. So viel ist eine Freundschaft wert! Ohne Zahlung werden sie die Sicherheiten versteigert sagte die Bank".

"Ich dachte, hört das denn nicht auf, immer wenn ich etwas Neues anfange läuft es für längere Zeit hervorragend und ich verdiene gut, aber immer ist dann irgendwie Schluss, und ich verliere alles wieder, was ist das denn?"

"Versteigern, so sagte ich mir bringt nichts und ich sitze dann auf den Restschulden, besser ist, alles zu verkaufen, die Schulden zu bezahlen und vielleicht bleibt dann noch etwas übrig, um ein neues Leben zu beginnen. Nachdem ich einen kleinen Krieg mit

der Bank ausgefochten hatte, die Bank
(die DDR war doch noch nicht ganz aus
den Leuten) wollte es nicht zulassen,
dass ich verkaufte, sie wollten
versteigern. Vielleicht war auch ein
Bankangestellter daran interessiert".

"Nachdem das geklärt war, verkaufe
ich mein ganzes Erbe, zahlte meine
Bankschulden und es blieben mir noch
50.000 Mark übrig. Mit denen wollte ich
wieder ein neues Leben beginnen.
Inzwischen war ich 65 Jahre alt und
bekam eine kleine Rente. Ich sagte mir,
mit diesem Geld kann man nirgends
leben, aber die 50 000 werden mir
schon weiter helfen. Dann kam noch von
der Rentenversicherung der Bescheid,
ich bekam für meine verstorbene

Ehefrau eine Witwerrente. So ist es möglich mit diesem Geld noch mal neu in der Dominikanischen Republik anzufangen. Wir waren vor Jahren einmal im Urlaub dort und es hat uns hervorragend gefallen, ich denke, dort kann ich auch alleine leben.

Wie ging es weiter mit Otto?

Otto ist gut dort angekommen und lebt nun in der Dominikanischen Republik, er hat ein billiges Haus gefunden und er hat es gekauft, oder auf Lebenszeit gemietet, das ist in diesen Ländern üblich. Auch hat er wieder eine Partnerin gefunden und ist nicht mehr alleine.

Nachwort

Im Jahr des Covid-19 ist dieses Problem, welches Otto hatte, noch schlimmer geworden. Viele haben ihren Arbeitsplatz verloren, Geschäftsinhaber, welche gut gehende Geschäfte hatten, müssen Konkurs anmelden, viele verlieren ihre liebsten Partner, und auch am Virus gestorben, dann kommt der Augenblick, was soll ich nun anfangen, sie sind einsam und bei manchen hilft der Tröster Alkohol, auch Drogen sind heutzutage üblich, um das zu bezahlen betrügen und stehlen sie. Andere sitzen trübsinnig zu Hause,

70

haben keine andere Beschäftigung mehr als fernsehen und dabei eine Flasche Bier trinken.

Einige hatten oder haben sich einen Hund gekauft, der ihnen hilft, die Einsamkeit zu überwinden, er ist dann der ständige Begleiter und der beste Freund. Es wird schwierig für diese Leute, sie haben keinen Schwung mehr, keine Lust und das Leben ist für sie ein großes Problem.

Wenn man das Leben von Otto analysiert, so hält sich das positive mit dem negativen fast die Waage. Otto ist ein Stehaufmännchen, er fiel oft, aber er stand immer wieder auf, er hatte den Mut. Respekt.

Alles, was er begann, brachte ihn eine Zeit gutes Geld ein, dann kam aber die andere Seite und er verlor alles oder wenigstens einen grossen Teil davon.

Vielleicht ist das Universum gegen ihn, aber das kann nicht der Fall sein, es hatte sein Leben gerettet. Er hat einen grossen Teil gute positive Gedanken und erhielt dadurch immer wieder gute Anfänge mit guten Einnahmen aber irgendwie kam dann in seinem Gedankengang das negative und das Universum lieferte auch das, meistens ein bisschen mehr. Sie können, wenn ihre Gedanken positiv sind, auch alles Positive bekommen. "Denk positiv und das Universum wird dich belohnen", ist das Sprichwort.

Es ist bekannt, in der heutigen Zeit ist es nicht leicht, nur positiv zu denken, wenn man sieht, wie alles kaputtgeht, wie viele ihre Existenz verlieren.

Otto hatte in seinem Leben aber immer wieder Glück, jedes Mal, wenn er auf die Schnauze fiel, dann stand er auf und hatte eine andere Idee oder es ergab sich so, sein Leben für sich zu entscheiden.

Bei Otto kam immer was dazwischen, einen hervorragenden Job in Italien, dann Streiks und eine Wirtschaftskatastrophe, er hatte in den meisten Fällen keine Schuld, dann der Konkurs seiner Firma, erst glänzende

Geschäfte, dann die brutale Seite, nur 50 % bezahlen und gleichzeitig gingen noch 2 andere große Kunden pleite.

Aber er fand mit den Fleischleuten wieder eine anständig bezahlte Arbeit und lernte dadurch sein zukünftiges Land kennen. Es sieht alles nach Zufall aus, die Zeitung mit den Inseraten, der Sitznachbar im Flugzeug, der Deutsche von Telekom, der ihn viel vom Land zeigte, dann Hans und Julio, die es ihm ermöglichten, einen neuen Job anzufangen und Geld verdienen.

Die nächtliche Stimme auf der Farm die sein Leben rettete, das gut gehende Restaurant, dann die Revolution. In Deutschland der Supermarkt, dann das große Einkaufscenter. Dann der groesste Schlag, der Tod seiner Frau, aber dann in der Nacht wieder diese Stimme, die ihm riet, alles dem Universum zu übergeben.

Dann der Hammer, sein bester Freund hat ihm aufs Kreuz gelegt, er hat sein ganzes Erbe verloren, doch etwas Glück, die 50.000 die übrig geblieben sind. Immer wieder kommt ein Lichtblick.

Dann, Otto flog eines Tages in die Dominikanische Republik, er hatte sich im Internet eine Adresse auf der Halbinsel Samana ausgesucht und dort ist er heute noch. Sollte einer von Euch auch so ein Problem haben, dann macht es doch wie Otto.

Carlos   Mateo   Autor

Wurde in Deutschland geboren, lernte Landwirtschaft, Großhandel und studierte Betriebswirtschaft.

Schrieb in den 90er-Jahren sein erstes Buch, "Krebs ist heilbar" welches er im Eigenverlag herstellte und über 400-mal verkaufte.

Als Rentner und Witwer zog in den Sueden nach Teneriffa und hat hier wieder mit dem Schreiben angefangen.

Seine ersten Bücher waren: "Deine Wünsche und Träume realisieren sich" und "Das Glück von morgen beginnt heute."

Impressum

Name: Carlos Mateo

Adresse: C/Mesaola2

ES 38530 Candelaria / Teneriffa

E-Mail: manotkur@gmail.com

Tel: +34680633108

Isbn: 9798744217112

Wiedergabe von Gebrauchsnamen, Handelsnamen, Warenbezeichnungen usw. in diesem Werk berechtigt auch ohne besondere Kennzeichnung nicht zu der Annahme, dass solche Namen im Sinne der Warenzeichen- und Markenschutzgesetzgebung als frei zu betrachten wären und daher von jedermann benutzt werden dürfen. Trotz sorgfältigem Lektorat können sich Fehler einschleichen. Autor und Verlag sind deshalb dankbar für diesbezügliche Hinweise. Jegliche Haftung ist ausgeschlossen, alle Rechte bleiben vorbehalten.

Notizen

Notizen